イヌとの語らい

深見東州
Toshu Fukami

TTJ・たちばな出版

あなたの心を揺さぶる言葉たち
深見東州の名言集

この詩集は、求道者である著者が
26歳から28歳の3年間
己に言いきかせつつ
精進に励んだ魂の足跡である。

静かに話して妙伝え
激しく昂（こう）して真を入れ
楽しく伝えて神やどせ

ころんでは起き、はい上がってはまたおちる。
それで一人前になるのが人なり。
神はその姿を見ておりて、時に涙し、時にほほえむ。
それが、神の親心というものなり。

天気予報をあまり気にせず　行けるだけ行く　梅雨の頃。

すばらしき世界は、あたらしい知恵によって開かれる。
神より来たる知恵なり。
広汎な知恵をもち、神より来たる波動を受けて、
はじめて世を改め、人をうるおす働きができる。
神より波動を受けて、高次元な体の運用が可能になる。
世界のかたすみにいたるまで神より来たる
愛のますなおな発露の詩（うた）は広がり、
高きおたけびも、低きうなりも全ていやされて、
あきらかにされる時が来る。
かく信じて祈る、六甲山の旅の朝。

すこしずつ自分の欠点がわかってくると
大きい神の愛をしみじみと感ずるものだ。
神のこころは、人の成長とともに少しずつ明らかになる。
けっして神は意地悪いことはしないが、
人の努力がギリギリまでゆくのを待っておられる。
父の如く、母の如く、大きな慈愛の目で見ておられるのである。

どこにいても自分を見つめ
だれといても自分を忘れ
苦しいときは苦の中に飛び込んで楽を見つけ
楽しいときは素直に喜びを表現して周囲を和ませ
つつしむときは自分をみはる番犬を
自分の中で飼えばいい

よくここまでやれたものだと思うほど、
自分を練り上げる人たれ。

神は無限である故、
その受け器である人間がその世に出ずる働きを
小さくしてしまうことを恐れる。
何故なれば、神はその器の枠を超えて
力を出すことができないからである。
これは天界の法則であるから、如何ともしがたい。
神は平等である。
こちらが出す愛の器の大きさに比例して、
お蔭の度合い、神力のレベル、
さずける神徳の大小が決まってしまう。

だからこそ、
神は精進、求道、脱皮を遂げんとする人を好まれるのである

自分が絶対に正しいと思えば、批判の心が出ずるなり。
ものごとを進めるには、話し合いが必要である。
その話し合いも、相手の言うことが正しいかもしれない、
という気持ちで話さねば、
決して本当の話し合いにはならぬものである。

人の上に立つとは、
間違いの道を、速やかに元にもどす勇気を持つことでもある。
創造とは、必ずしも新しいことをするのではなく、
古き良き無形の指針を、
日に夜に具体的に表わすことでもある。

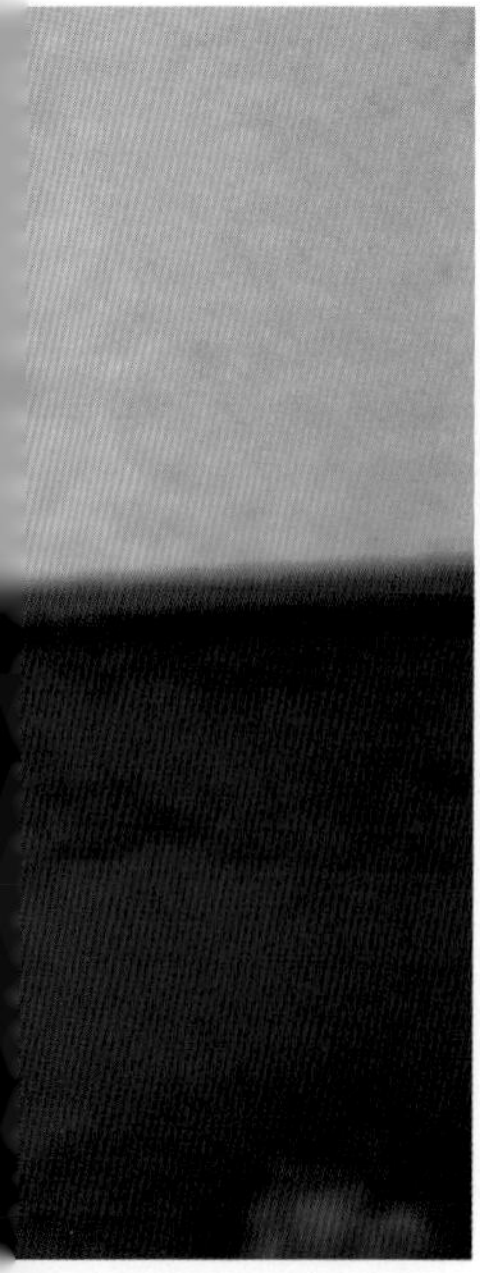

どこになにがあり、誰がなにをしているのか。
全てが明らかにならねば、統率しているとは言えない。

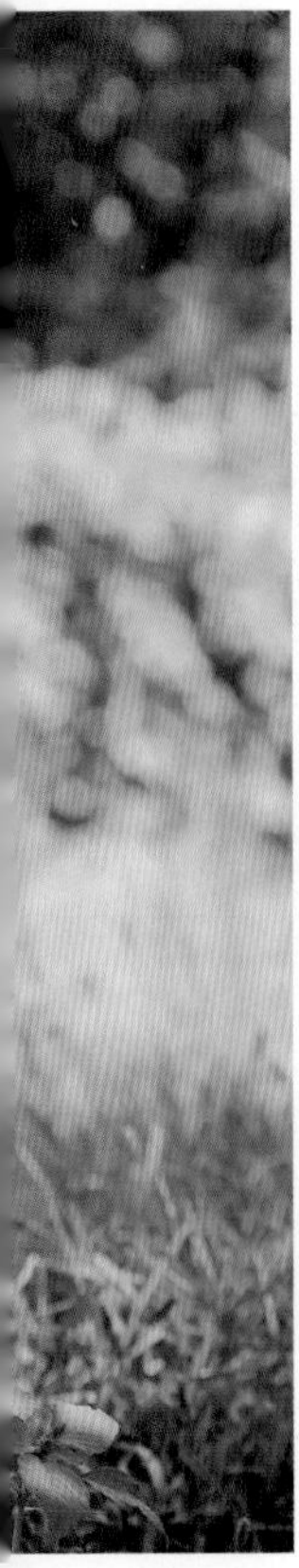

人を善導するのは愛のこころ
まちがいをその人の誤りとして受けとる前に
愛のまなざしで見る人であれ

23

まちがいを正す心を改めて、
自分で悟らせるようにたすけるのが指導である。

ゆみの心をもつよりも、
あたる的になる心が⊙《す》の神の心なり。
矢でも鉄砲でも、大らかに受け入れる、
大宇宙のような包容力を持て。

にくらしき、いやらしき人であろうと、神の子なり。
全てを生かし、愛の心でみるようにせよ。
神徳は、忍耐と愛の心をあわせ持つ人に下るなり。

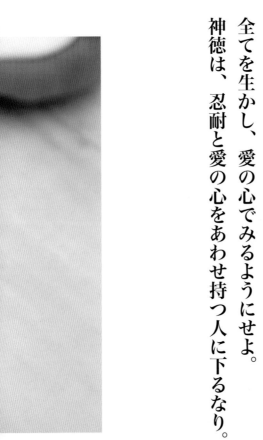

パターンにあてはめると簡単に処理することができるが、
神より見れば大いなる誤りをしていることが多い。
それは人の魂も心も時々刻々移り行き、
新しく生まれ変わっているからである。
決して以前会ったその人、その心ではない。
だから、流れるようにさらさらとして、
見方を常に躍動させるのが、
具眼の士として世にある要件なり。
これを若柳の心、胎妙不知にして、
健富和の相楽をなすと言う。

金が詰まると心が詰まるようでは、
神と共にある人とは言えぬ。

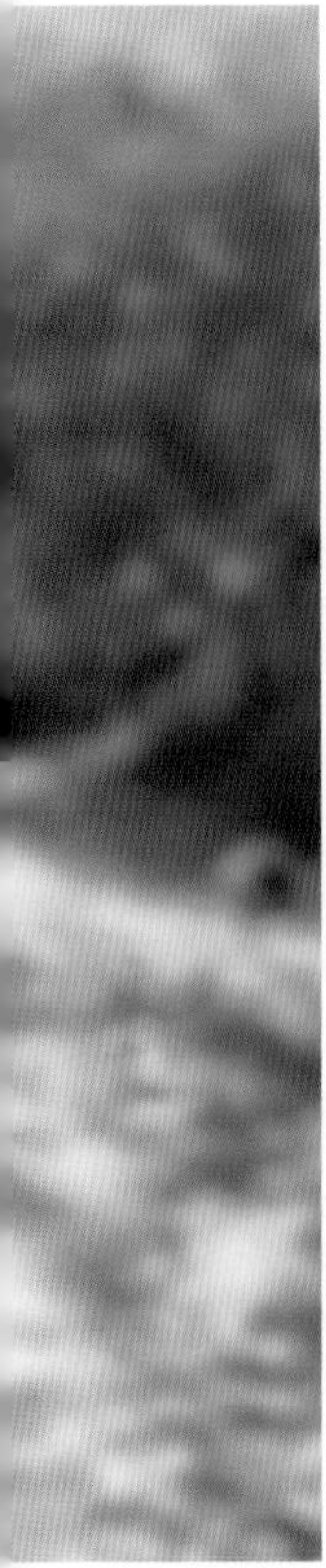

とらわれの人の悲しきは、金があれば油断をするし、
なければ心がすさぶことなり。

優雅な職業はめったにあるものではない、
と思うからだめなのである。
いかにすればそれが優雅であり、いかにすれば時を見出して、
優雅のひと時を持ち、お休みが単なる
からだの休憩だけに終わらぬか。
その工夫と心がけこそが芸術の心と言える。

知っていることを体で行うのが体現であり、
体現こそが神業《しんぎょう》である。

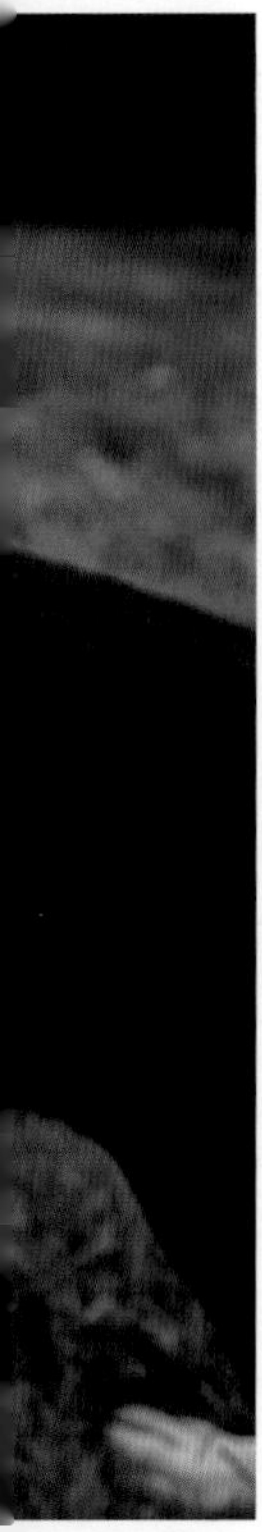

鋳型《いがた》に流して出来上がるものなら、神も苦労はない。
一人ひとりが生き物であり、
刻々に変わりゆく微妙の芸術であるからこそ、
どこまでも神が手をとり、足をとり導くのであるぞ。
それこそが神の人を慈しむ証（あかし）である。
夢々人に相対しても、物を取り扱うにしても、
その神心を忘れるでないぞ。

人間界においては大胆さがいる。
大胆ならざる微妙は真虚なり。
真虚は現実における欠となる。
事業におきては勇の欠なり。
勇欠くれば事成り難し。
事成らざれば地に生かすこと能わず。
よりて真神と合一して六次元の宮人たらんと欲する者は、
時々《じじ》にこれを知り、
これを全く行いて励むべし。

六次元■人の知覚できる上限の神界。

神、人を見るに大愛をもってし、
人、神を見るにつきせぬ思慕をもってす。

すかれるのは
⦿《す》の神のあかるき愛に
通ずるものがある証拠。

わが命わがものでなく、
わが言葉、わがものでなし。
全てが神との共有物、私するとてなかりけり。
これが人生の最上、自我を上手に超えた生き方である。

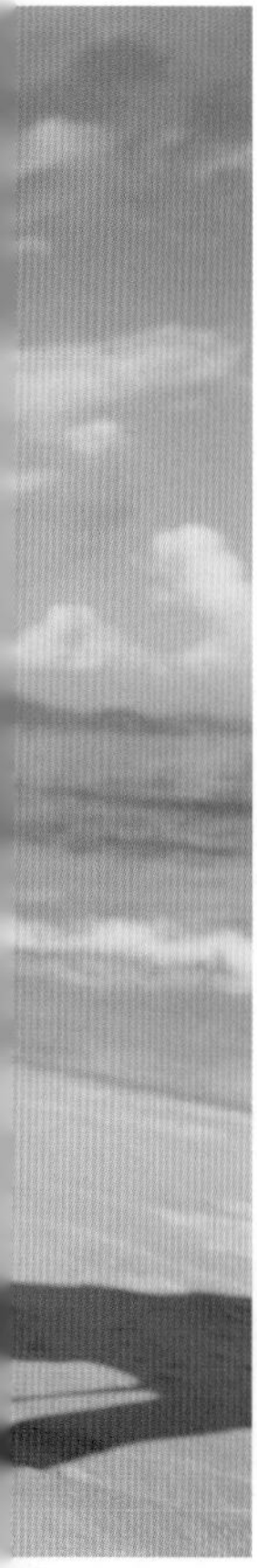

人には尽せ、神には祈れ。
愛ある人には神、笑顔をむけ、
愛なき人には神、道をさずく。

神前に神なく、場にあり、人にあり、花にある。
愛念を出す練習をされよ。
それが人の心に住む神である。

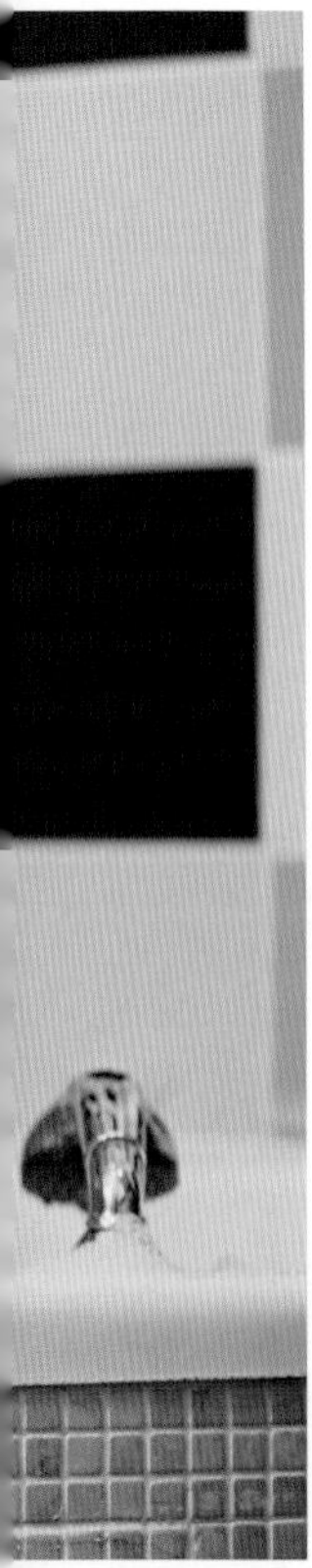

いつも身なりを正すべし。
ヘアースタイルを高貴で優雅にし、
歩く姿勢、言葉を美しくし、服装を感じ良くするのである。
その身美しく正しければ、それなりの神出で来たる。

良く見せようとせず、
内なる神を良く斎《まつ》らんとして、その衣服を調えるべし。

精神は大きく持ち、肉体はきれいに整え、
口は喜びで飾りたし。

「すまい」
「す」とは「主」という意味である。
「ま」とは「間」であり、
「い」とは「居」であり、「意」である。
「すまい」とは「主が居る間」であり、
「主の意が間に居る」ところと言える。
これは大変な教えだ。
主の意味が人であれば、雑然としていたり
よく管理がされていないと、
そこには主《あるじ》がなく、
人が住めない荒れた家ということになる。

また、責任をもって家庭を支えたり、家族を養う気概や
精神的なバックボーン（主の意）がなくなると、
そこには心安らぐ「すまい」がないことになる。
そして、「すまい」を主《す》の神の意としてとらえると、
住まいの内には、もっとも高次元の神の意志や教えがあり、
高度な真理の実践があるということになる。
これを体得してはじめて神人合一《しんじんごういつ》が為される。
すまいにおける実践がなくば、
人をも神をも生かしてゆくことはできぬ。
人をも神をも生かさねば、⊙《す》神の御《み》心にあらず。
これが生活というものの使命であり、真義なるべし。
これを疎《おろそ》かにして神人合一の妙《みょう》得られることなし。

いつも一番大切なことは、
身も心も清らかにし、魂《たましい》の置き所を
まごころにして人に向かうことである。
心がさもしいと、身なりに表れ、言葉に表れ、
ふるまいに表れる。
心が美しいと、会う人にすばらしい雰囲気を与える。
すずをふると妙なる音がでるように、
言葉に篭《こも》る魂にまで注意を払うようになると、
もう修業も堂に入ったと言える。

最もすばらしい時間に
最も尊い物をちょっぴり行う。
これが極上の集中である。

神霊は神界にあり。
そこから分かれ、肉体に魂を宿すのが人（霊《ひ》止《と》）である。
神人根源は同じ。
太古は一つであったが、
時代が下がるごとに自ずから分かれてきたのである。
それで、自分という言葉ができている。
また、神と人との間に間《ま》ができてしまった。
それで、人間という言葉ができている。

正しいとは一で止まる形であり、
大とは自分一人のことから、
人が一という自分のカベをつき破り、上にのびている
形である。
一人であって一人を越え、小さな自分の我をつき破れる時、
人間は大という人になる。

まごころはかみよりきたるものなれば
いかにあくあるひとでもなつく

勇気を持って敵をふんさいし、愛をもって締め括《くく》れ。
その戦《たたかい》は善へと転じ、吉へと働くなり。

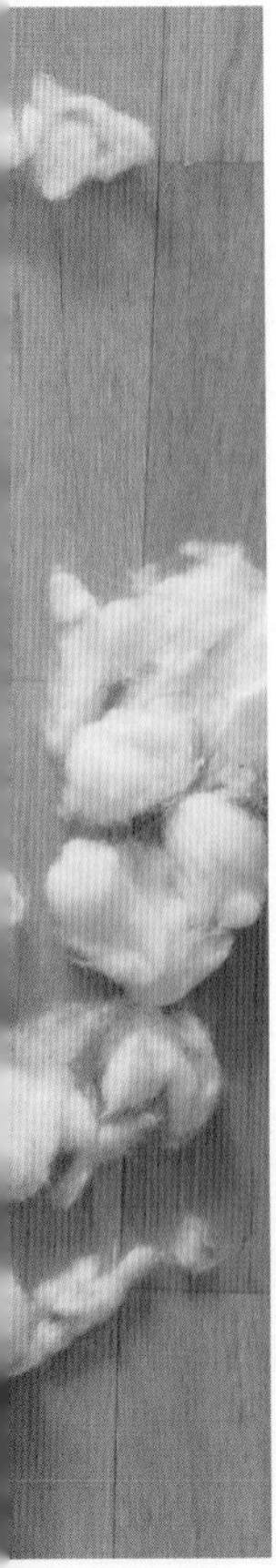

つかまえるということは、取り組むことであり、
はなすというのは、あきらめることである。
つかまえるこつは、ただ先のことは考えず、
やってやってやりまくることであり、
はなすこつは、全部神様におまかせして、
あとの責めを一人で受ける覚悟を決めることである。

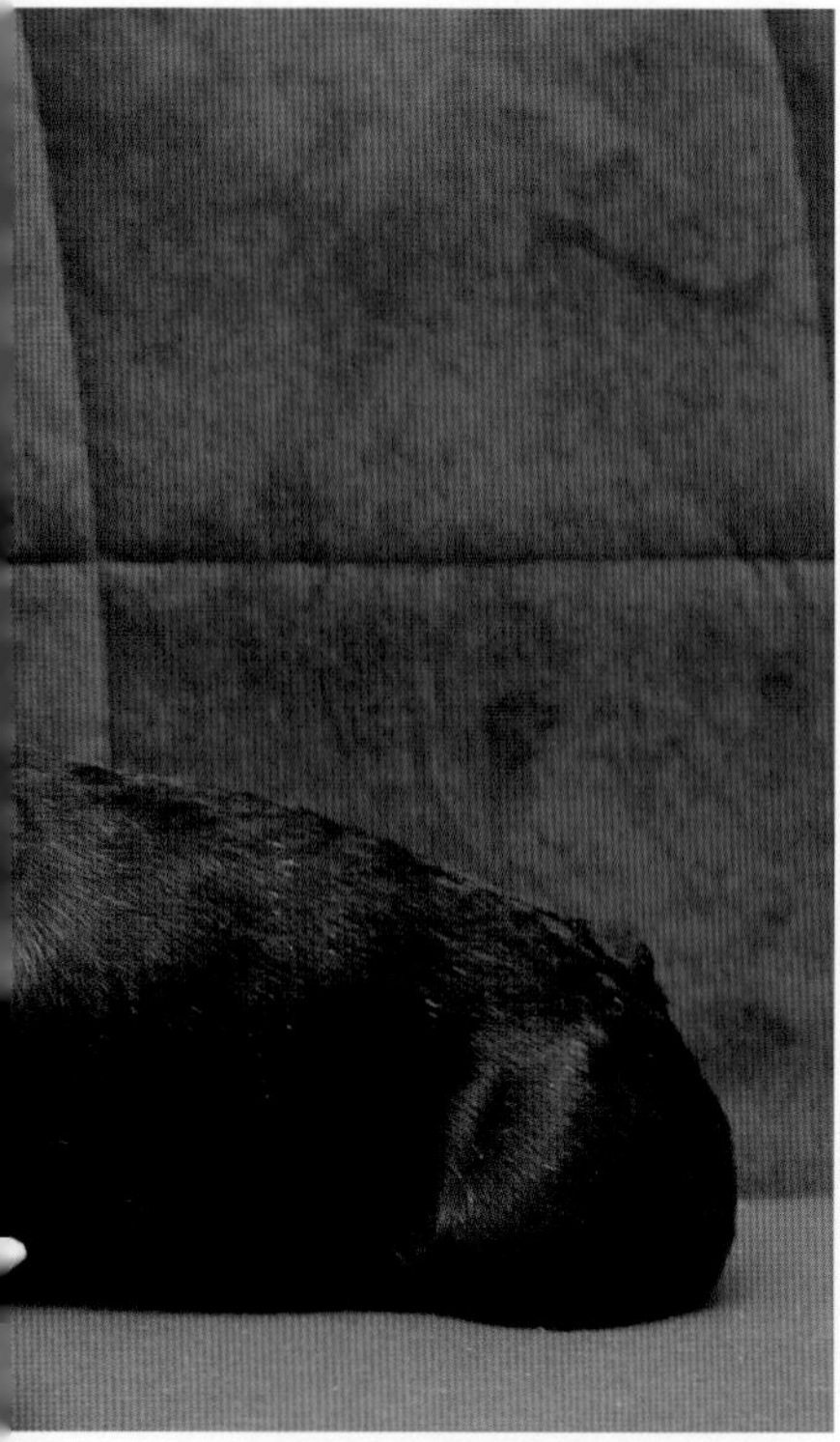

行きては考え、考えては行き悩む。
試行錯誤は学問の道。
試行錯誤を恐れるなかれ。

すすまねばしかられ、すすめば行き過ぎるとしかられる。
それで人は、ほどよい我が完成し、
神仏のご加護を正しく受ける人となる。

前へ進むより他に道はない。
後ろへ退くと見ゆるは、人の慮《おもんぱか》りなり。
神より見れば、後退と見ゆるもまた進歩なり。

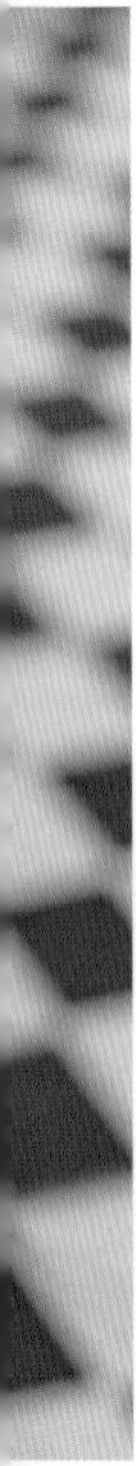

病《やまい》は気からと謂《い》うけれど、
気の病ほど恐ろしいものはない。
何故なれば、黒が白、白が黒に見えてくるからである。

人生の空しさは
気水の枯れによりて来たる
気水の枯れは
雑妄の念これ一位
不休の体力これ二位
駄弁の浪費これ三位
性交過剰これ四位
食欲乱過これ五位
気熱消耗これ六位
知解低下これ七位

意念衰耗これ八位
業行衰微これ九位なり

一厘を求める人には
無心で愛をむけよ
一厘足らぬをわからぬ人には
真心の言葉で自ら悟らせよ
一厘をくずそうとする奴は
問答無用で雷を落とせ
ああ一厘
人に住む愛、妙《みょう》と玄《げん》

「こういうふうにして、こうなったのである」を自慢げに言うと天狗がでてくる。

「こういうところを、このようにしたのです」を自分の知略で成功したかのように言うと、きつねがでてくる。

「このような心でいるのを、自分はこう見たのです」と相手の腹をいかにも自分の腹で見抜いたかのように言うと、たぬきがでてくる。

たいへんなことはない。
いつでも楽々と超えて行け。
大切なのは、気を小さく持つか大きく持つかで
大神霊と感合するか、中小の神霊と感合するかが
決まることである。
取り越し苦労は禁物、
おじけづくのが神をとじこめる。
自《みず》から向かう姿勢により、人間の器の如何が決まる。

天にあり、また地にひそむ宝、夢心よりなし。
夢心とは天を動かし、地に実りを与える宝なり。
夢心を育てよ。育てて育てて育て続けよ。
夢心に、善き神霊界は動くなり。

ふるさとは山にあり。
山は岡にあり、野にあり、
川にあり、海にある。
山は即ち青山のことなり。
（青山とは清涼な山の神気をたたえる内的境地）

勢力とは
気力の広がりに比例す。

一芸は万芸に通ずるというが、
何が通ずるかといえば、意欲向上心であり、
一心に集中することであり、
謙虚に学ぶ姿勢であり、
真剣に事に向かって
無想無念になることである。
また、柔軟に自己を妙の中にもってゆく呼吸と
タイミングを体得することであり、
一切をその瞬間に
忘れ切る心と感性の切り替えを学ぶことである。

自在性も、とらわれなきことも、
只今《ただいま》に生きることも、また気をめぐらすことも、
全て一芸にずば抜けるプロセスの中で
修得されるのである。

神の道に生きる学びの者よ。
すべからく中途半端でない一芸をまず体得せよ。
妙適、妙趣、妙境の体得成就は、
おのずからその中にあることを知れ。

神のまにまに生くるとは、独りの修業ができた証《あかし》

悟ったということで
自分を甘やかしてはだめである。
大悟徹底の人は、ただ黙行《もくぎょう》の日々を尊ぶ。

あらくれの者をたばねて生きる人
優しさよりは気迫まされり。

太陽の如き情熱を持て。
一切の魔を打ち砕き、
繁栄と成功をもたらすものは、
ただただ、太陽の如き情熱しかないのである。

人間は、努力よりも精進よりも
気迫と根気が大切であり、愛情が
その毒気をなくしてくれるのである。

恐れを抱かず突き進め
成果とは、そのときよりほかになし
反省は、結実成果のアクを出す
食後の後始末なり
アクの出ずるを恐れ
後始末を嫌って食せずば
人生に実りなく、人命《じんみょう》に栄えなし

増長魔を和らげ、無くするものは、
謙譲の二字よりない。

謙（荒魂の忠、奇魂の覚）は、
自分のみが正しいのではない、
このことだけが善なのではない、
この考えだけが適切なのではない、
と常に思える心のゆとりである。

譲（和魂の和、幸魂の優）は、
自分の満足や主張よりは、
他人の満足や気持ちを先に考え、

優先することのできる優しさである。

謙は学問と修養の成果であり、
広い見聞と深い内奥や覚悟の賜物であるといえる。

譲は本来しつけの成果であり、
慈悲や愛という、
宗教的な徳育の賜物であるといえる。

この謙と譲を修養の糧として
常に大切にしていると、
決して増長魔に陥ることはないのである。

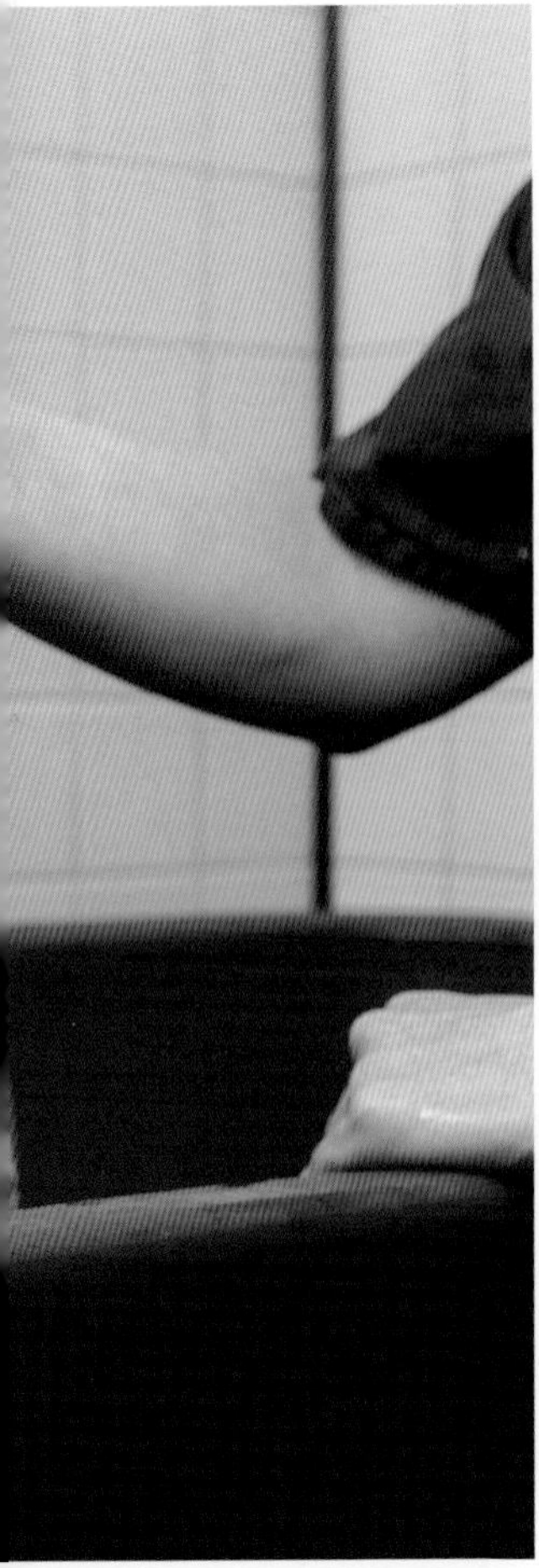

己《おのれ》の意志で全てが決まる。
霊ではない。
人ではない。
環境ではない。

人気が衰える原因の一つに
忘恩の姿勢あり。
報恩の姿勢は感謝より来たる
感謝は虚心を生み
虚心は柔軟なる思考と
他人への思いやりの心を生む

人生に挫折あり
挫折と思うたときなり
人生に向上あり
向上なりと確信して進むときなり
挫折とするか、向上とするか
己の只今の受け取り方
立ち向かい方次第である
焦るなかれ
試練は等分にまくばってあるぞ

ジャンプせよ、ジャンプせよ
ジャンプこそが進歩である
ゆっくりと進むだけでは
本当の進歩ではない
進歩の予備段階だ
その予備をしてこそ
思い切りのいいジャンプができて
そのジャンプが成功する

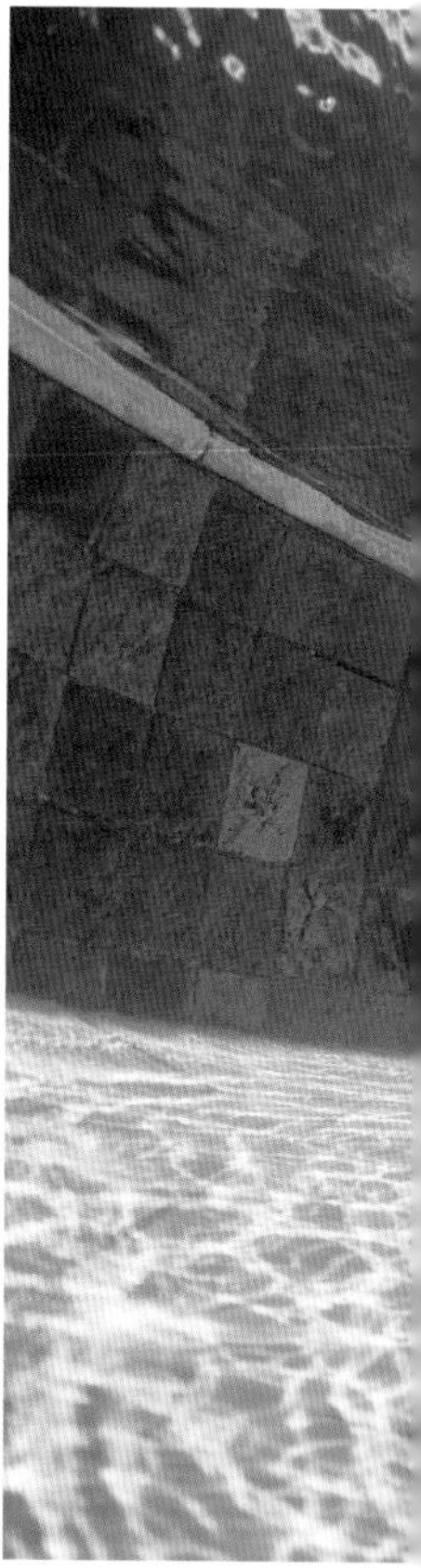

成長よりも、退潮がよいときあり。
人々の目と、心と、評価を気にするくせを改めよ。
真実の伸長は、
成長と退潮の繰り返しの中にあり。

天の心とは如何
新しい事を為して
古き道を蘇らせ
古き事に学びて
新しい道を出《いだ》すことなり

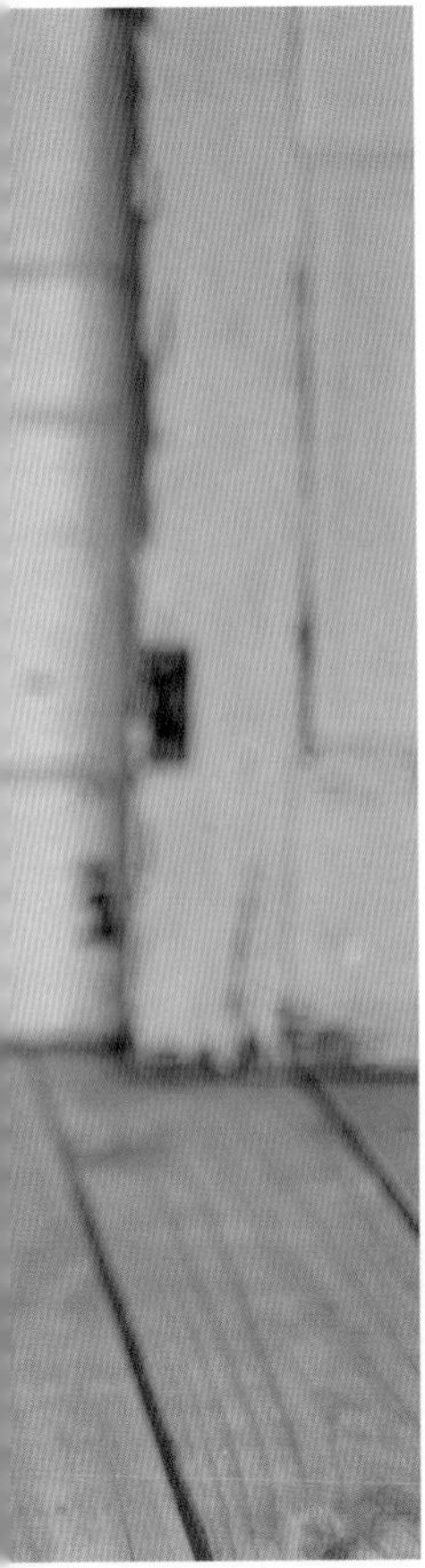

「天機もらすべからず」

一、あまり気を放散せぬことなり。

一、会話を激しくせぬことなり。

一、ゆっくりしすぎぬことなり。

一、タイミングよく、流れる如く柔軟であることなり。

一、神を逃さぬことなり。

一、精液を乱費せぬことなり。

一、君子その独りを謹み、自慢せぬことなり。

一、宝は時であり、寸暇を惜しんで勉学に励むべきことなり。

一、時節の変わり目を良くとらえ、敏捷に反応して、時代の波に乗ることとなり。

一、自然を通して天の時を覚り、行うべきことを識ることとなり。

一、大事ないい事は、成就するまで黙っていなければ魔が入ることとなり。

一、未来の予言の重要事項は、人が一旦知ると、神様は計画を変えることとなり。

人よ未来を案ずるな
神とわれゆく安き日の
喜び常に確かめて
心うきたち暮らすべし

よきこと来たりて流れくる
潮《しお》の流れもうち変わり
われらの得手《えて》の潮流れ
苦労もせずに船《ふね》漕ぎて
潮が助けて船進む

金比羅、船々、シュラシュシュシュ
潮が助けて船走る
潮は運なり、神の風
添いて助ける印《しるし》なり
我力《がりき》で漕げば漕ぐ程に
潮の流れは逆《さか》にゆく

心は安く、夢広く、
神に語れる日々送れ。
さすれば何でも物事は、
遅き早きの差はあれど、
一切万事調うぞ。

神やその内にあり
それを見出すもの少なし
神の心を知るものは
人の心も良く知るなり

人里離れて身を修むるは易し、されど効《しるし》なき業《わざ》なり。
生ける御魂《みたま》の修《おさめ》とは、家内《いえうち》の毎日《まいにち》と生業《なりわい》にあり。

何事も主人に対する下僕の如くあれ
いかなる世にも、帝《みかど》にはあらずと思うべし

一人ずつ神の匠《たくみ》に綾取《あやど》られ
人の型《かたち》は作られにけり

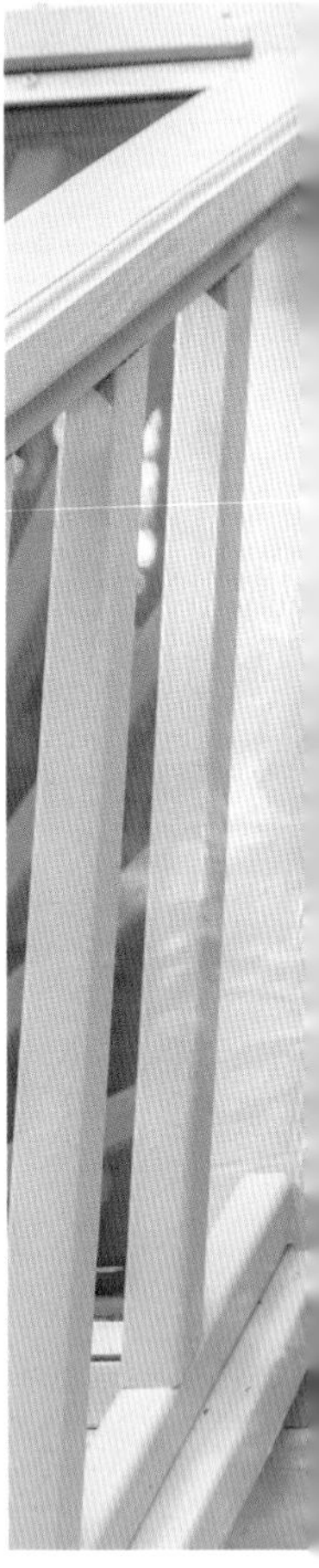

愛の大きさ誠の深さ
そして祈りの真剣さ
三つ揃わねば、
神の御用は全うできるものではない

自然が神であり、
心の有様《ありさま》が人生を作る佛《ほとけ》である。
いかなることも、
その心次第で善にも悪にもなり、
大漁にもしけにもなる。
喜び事か悲しき事か。
それは、心次第で決まる佛様の匙《さじ》加減。

人々の知らぬ苦労は
神ぞ知る
その苦労をあまり語らぬは
神の好む道なり

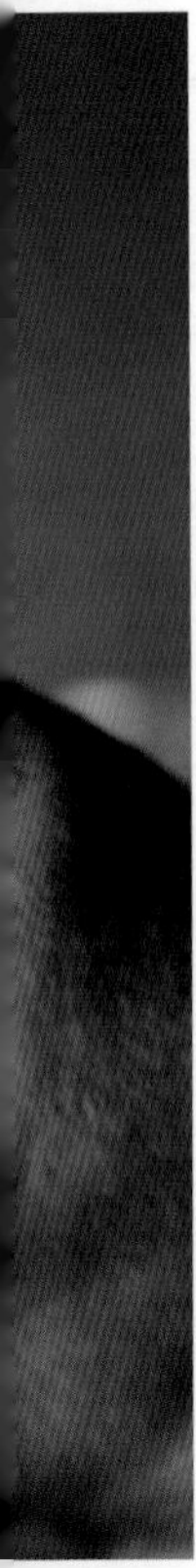

天気より変わり易きは人心《ひとごころ》
変わらずにあれ事々への誠《まこと》

いかならむ神の御試《みため》し受くるとも
夢な忘れそ親心の愛

そですり合い先で助けてゆく人は
前世《ぜんせ》で世話なり恩受けし人

六次元に入るには、心の品《しな》が華麗で
やわらかき気高さと
清涼なるものが漂う趣きが必要である。
言葉も心も姿もかくあらねば
すっぽりと六次元に居るとは言えない。
いかなる時も、この精神のあり方を忘れぬように。

全知全能を内にもつ神なり
決して不安をいだくことなし
信じていつも穏やかでいるべし

本書は、平成八年、平成九年に発刊された
『神との語らい』⑴、⑵、⑶を
『ネコとの語らい』、『イヌとの語らい』の
2冊に編集して発行する第2弾です。

深見東州氏の活動についてのお問い合わせは、下記までお願いいたします。
また、無料パンフレット（郵送料も無料）が請求できます。ご利用ください。

お問い合わせ　フリーダイヤル
0120 - 507 - 837

◎ワールドメイト

東京本部	TEL 03-3247-6781
関西本部	TEL 0797-31-5662
札幌	TEL 011-864-9522
仙台	TEL 022-722-8671
東京（新宿）	TEL 03-5321-6861
名古屋	TEL 052-973-9078
岐阜	TEL 058-212-3061
大阪（心斎橋）	TEL 06-6241-8113
大阪（森の宮）	TEL 06-6966-9818
高松	TEL 087-831-4131
福岡	TEL 092-474-0208

◎ホームページ
https://www.worldmate.or.jp

深見東州
(ふかみ とうしゅう)
プロフィール

本名、半田晴久。別名 戸渡阿見《ととあみ》。1951年に、甲子園球場近くで生まれる。㈱菱法律・経済・政治研究所所長。宗教法人ワールドメイト責任役員代表。

著作は、191万部を突破した『強運』をはじめ、ビジネス書や画集、文芸書やネアカ・スピリチュアル本を含め、320冊を越える。CDは112本、DVDは45本、書画は3687点。テレビやラジオの、コメンテーターとしても知られる。

その他、スポーツ、芸術、福祉、宗教、文芸、経営、教育、サミット開催など、活動は多岐にわたる。それで、「現代のルネッサンスマン」と呼ばれる。しかし、これらの活動目的は、「人々を幸せにし、より良くし、社会をより良くする」ことである。それ以外になく、それを死ぬまで続けるだけである。

海外では、「相撲以外は何でもできる日本人」と、紹介される事がある。しかし、本人は「明るく、楽しく、面白い日本人」でいいと思っている。

(2024年8月現在)

イヌとの語らい

装丁　宮坂佳枝

2020年７月17日　初版第一刷発行
2024年10月20日　初版第四刷発行

定価はカバーに掲載しています。

監　修　深見東州
発行人　杉田百帆
発行所　株式会社　TTJ・たちばな出版
〒167-0053
東京都杉並区西荻南二丁目二十番九号　たちばな出版ビル
電話　03-5941-2341(代)
FAX　03-5941-2348
ホームページ https://www.tachibana-inc.co.jp/
印刷・製本　株式会社　太平印刷社

ISBN978-4-8133-2655-7